大偵探
福爾摩斯

—— 縱火犯與女巫 ——

U0053536

SHERLOCK HOLMES

序

在7月（2012年）剛過去的書展中，我化身成為《兒童的科學》攤位的售貨員，近距離接觸了不少讀者。除了觀察到讀者們的反應外，也聽了不少他們的評語。總的來說，大家對這個系列的故事都很滿意，實在令我感到非常鼓舞。

書展中，有些小讀者一打開書本，已一股腦兒沉醉於故事的虛構世界之中，連爸爸媽媽叫他們也聽不到呢。有些讀者則一邊打書釘一邊「咭咭咭」地笑過不停，可能是李大猩和狐格森的插科打諢太過惹笑了。

也有一位媽媽說小兒子從不看書，但他拿了哥哥的《大偵探福爾摩斯》來看後，逐漸愛上了閱讀，後來連其他文字量更大的書也主動拿起來看了。她說，《大偵探福爾摩斯》是小兒子閱讀態度的轉捩點，令她深感欣慰。我聽到，當然也深感欣慰。

此外，余遠鍠老師還在書展中舉辦了一場繪畫講座，即席表演如何畫出福爾摩斯和華生，吸引了不少讀者和家長觀看！講座完後，余老師也臨時舉行了一個迷你簽名會，為來聽講座的讀者簽名呢！

厲河

2012.7.30

馬馬虎虎呢。

努力畫呀，人氣下跌惟你是問。

大家要繼續支持我呀！

余遠鍠

大偵探
福爾摩斯
——縱火犯與女巫——

登場人物介紹

福爾摩斯
居於倫敦貝格街221號B。精於觀察分析，知識豐富，曾習拳術，又懂得拉小提琴，是倫敦最著名的私家偵探。

華生
曾是軍醫，為人善良又樂於助人，是福爾摩斯查案的最佳拍檔。

小兔子
扒手出身，少年偵探隊的隊長，最愛多管閒事，是福爾摩斯的好幫手。

愛麗絲
房東太太親戚的女兒，為人牙尖嘴利，連福爾摩斯也怕她三分。

李大猩＆狐格森
蘇格蘭場的孖寶警探，愛出風頭，但查案手法笨拙，常要福爾摩斯出手相助。

老婦人
小湯姆的祖母，死者占美的媽媽。

艾克
工場工人，火災的目擊者。

小湯姆
死者夫婦的小兒子。

威爾森
收到預言信的紅髮老人。

科學鬥智短篇
縱火犯

水與油

「**起火啦！起火啦！**」樓下傳來了一陣驚惶的呼叫聲。

那是房東太太的叫聲！

正在看報紙的福爾摩斯和華生嚇得跳起，連忙奔下樓去。

福爾摩斯一馬當先衝進了廚房，只見房東太太手忙腳亂地提着一桶水，正要往起火的鍋子潑去。說時遲那時快，福爾摩斯一腳踢去，水桶迅即被踢得飛起，像帽子似的「噗咚」一聲，正好蓋在華生頭上，水「**嘩啦**」一聲的倒下，把華生全身都淋濕了。

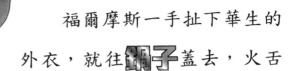

福爾摩斯一手扯下華生的外衣，就往鍋子蓋去，火舌馬上「噗」的一下被外衣蓋住，只餘幾條小火舌拼命從外衣的衣邊吐出，但不一刻就熄滅了。

「鍋中的油起火，是不能用水潑救的，油比水輕，用水撲救，只會擴大火勢，因為水會把燃燒中的油沖到其他地方去。」福爾摩斯對房東太太說。

「是的、是的。」房東太太不斷點頭。

這時，華生已脫下「水桶帽子」，他拿起沾滿油污和被熏得**焦黑**的外衣，心痛地說：「福爾摩斯，我知道你是救火英雄*，但也不必**糟蹋**我這件漂亮的外衣呀。」

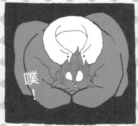

「哈哈哈，對不起，你的外衣剛好被水淋濕了，最適合用來蓋住火頭。火頭與空氣隔開沒有氧，也就燒不起來啦。」福爾摩斯笑說。

「什麼剛好被**淋濕**了，還不是你踢翻**水桶**，把我淋濕的。」華生不滿地說。

「那不是故意的，絕不是故意的。你知道，

*《大偵探福爾摩斯⑪魂斷雷神橋》中，有福爾摩斯衝進火場，勇敢救人的精彩情節。

 8

我不會故意這樣做。」

華生斜眼看着福爾摩斯，他知道，這個老搭檔連續說幾次「不是故意」，就肯定是故意的了。而且，他也知道，福爾摩斯做事都計算精確，又喜歡連消帶打，不是故意又是什麼？

「哈哈哈，不要多想了，上樓去換衣服吧，別以為自己是醫生就不會着涼啊。」福爾摩斯拍拍華生的肩膀笑道。

大概是已鎮靜下來了吧，房東太太拿起桌上的一封電報說：「剛收到這封電報，是給你的。」

福爾摩斯接過電報細閱，再交給華生說：「看來我們今天與火有緣呢。」

華生接過一看，原來是蘇格蘭場的警探狐格森求助，請福爾摩斯去查一宗縱火案！

縱火狂徒

火車上，華生道：「最近真多火災呢，難道與**天氣乾燥**有關？」

「以我的經驗來說，火災其實大部分都是人為的。」福爾摩斯答道。

「**人為的？**」華生不明所以。

「對，有的是無意的，就像房東太太那樣，把鍋子燒得太熱，油的**溫度**過高，就很

容易起火了。」福爾摩斯一頓，突然一臉嚴肅地說，「但也有很多是故意的，即是**縱火**。」

「縱火？為什麼要縱火呢？那是非常危險的行為啊。」

「縱火的原因有很多，有些人純粹為了**發洩**，沒有什麼目的。但這類縱火犯最可怕，他們會到處縱火，行為無跡可尋，是天生的縱火狂。另一類則有明確的目的，如**詐騙**、**報復**、**殺人**、**毀滅證據**等等。」

「那麼，我們接着要調查的，又是哪一類呢？」華生問。

「電報說有兩個人被燒死，案發時有一個**目擊證人**，指稱其中男死者是放火者，他懷疑妻子紅杏出牆，於是縱火與妻子**同歸於盡**。如果這些都是事實，這個案子包含了殺人和自

殺，只是手法非常殘忍。你知道，引火自焚是最痛苦的死法。」福爾摩斯道。

「好可怕啊。」華生單是想像一下，已感到不寒而慄。

兩人說着說着，火車已到站了。

下車後，只見狐格森已在站頭等候，他身旁還有一個60多歲的老婦人，和一個5歲左右的小男孩。

老婦人神容憔悴，兩眼通紅，看來哭了不少回。

「奶奶，你不

要哭，我以後不會搗蛋了。」小男孩拉拉老婦人的手，天真無邪地說。

「小湯姆乖，奶奶流淚與你無關，你不用責備自己啊。」老婦人摸摸小男孩的頭，溫柔地說。

福爾摩斯和華生聞言覺得奇怪，但又不明所以。

一向喜歡開玩笑的狐格森一改常態，他滿臉愁容地把福爾摩斯和華生拉到一旁，悄悄地問：「你們看到我的電報吧？」

「看到了，表面看只是一宗殺人後再自殺的案子，有什麼特別的地方嗎？」福爾摩斯問道。

「我已看過現場，也問過目擊證人，案子就是這麼簡單，沒什麼特別的地方。」狐格森說。

福爾摩斯眉頭一皺，問：「要是這麼簡單，你發電報叫我們來幹什麼？」他知道，狐格森雖然沒有他的同僚李大猩那麼頑固，但也是個愛面子的傢伙，不是遇到了難題，不會請他幫手。

狐格森看了一眼站在一旁的老婦人，又向福爾摩斯遞了個**眼色**，道：「不過，男死者的媽媽卻不同意，她認為自己的兒子雖然**脾氣暴躁**，而且和媳婦的關係也不太好，但絕不會做出這麼殘忍的事。」

「那麼，你叫我們來，就是為了**説服**她嗎？」福爾摩斯問。

「對，如果你調查的結果和警方一樣，她就得接受這個殘酷的現實了。」狐格森又看了老婦人一眼，「你知道嗎？這個老婦人很**難纏**，我告訴她調查結果後，竟死拉着我不放，我走到哪裏，她就跟到哪裏。我說要回倫敦，她說也要跟着去，直到我再查明**真相**為止。」

「她會相信我調查的結果？」

「應該會相信吧？我說會邀請你過來看看後，她顯得很高興，還說聽過你的**大名**，知道你破過很多大案呢。」狐格森道。

華生心想：「福爾摩斯真厲害，連一個鄉間的婆婆也知道他破案的事跡。」

福爾摩斯**沉吟半晌**後，逕自走到兩婆孫的面前，自我介紹道：「我是

來自倫敦的福爾摩斯，會盡力和狐格森探員到現場再調查一次的。」

「謝謝你，我知道占美不是那種人，他不會做出那麼殘忍的事。」老婦人強忍着眼淚說。

狐格森走過來，在福爾摩斯耳邊輕聲說：「占美是她的兒子，就是那個男死者。小男孩是死者的兒子，他還未知道父母發生了慘劇。」

福爾摩斯點點頭，然後在小男孩跟前蹲下來問道：「你好乖呢，叫什麼名字呀？」

「我叫湯姆，我會乖乖，不會叫奶奶生氣的。」小湯姆天真地說。

「啊，是嗎？」福爾摩斯摸摸他的頭，「小湯姆真懂事，你要好好疼愛奶奶啊。」

「嗯！」小湯姆用力地點點頭，「我會的。」說着，就親昵地擁到他奶奶的身上去。

福爾摩斯站起來，神情嚴肅地向華生**瞥**了一眼。

華生意會，他知道福爾摩斯又遇上了一宗**棘手**的案子，因為除了複雜的案情之外，他還須作出一個殘酷的**抉擇**——如果真的是占美犯案，他就要向這個慈祥的老婦人說出事實，指

控她的兒子是個 **滅絕人性** 的兇手，令她喪兒之後，再受一次沉重的 **打擊**！

　　福爾摩斯叫老婦人與孫兒回家等消息，然後在狐格森的帶領下，去到了慘案現場。

慘案現場

那是一間已被燒得**焦黑**的工場，整個建築物只有一層，一個**門口**開在建築物的正中間，門口的左右兩邊各有一扇破了的**玻璃窗**，看來玻璃是給大火燒得破碎了。

福爾摩斯趨前，他抬頭看了看災場的屋頂，道：「看來火勢很**猛烈**呢，連屋頂都給燒穿了。」

「是啊，這裏是馬車的 **維修工場**，堆放了很多木頭，起火之後就一發不可收拾，幸好消防員來得快，才不至整個工場給燒成 **灰燼**。」狐格森說。

　　福爾摩斯問道：「是什麼時候起火的？」

　　「兩天前的黃昏時分。」忽然，一個穿 **工人服** 的男人從屋後走出來說。

　　狐格森這才注意到那男人，連忙向福爾摩斯說：「這位是 **艾克**，是我特意請他來的，因為他目擊事發的經過，直接由他來說明，比我復述更省事。」

「你好，我是福爾摩斯。」福爾摩斯有禮地與艾克握了一下手，「可以說一下事發的經過嗎？」

「……」艾克聞言，卻低下頭來**默然不語**。

狐格森見狀，向艾克說：「我知道又要你回憶**慘劇**的經過會很痛苦，但為了查明真相……」

艾克抬起頭來，心神恍惚地說：「占美他……他舉起，把煤油*從頭淋下……然後就起**火**了……好大……好大的**火**……」說到這裏，艾克突然以手掩面，「哇」的一聲痛哭起來，哭得好傷心。

狐格森把福爾摩斯和華生拉到一旁，說：「他是這個工場的工人，親眼目睹老闆和老闆

---

*即廣東方言所說的「火水」，又稱「火油」。

娘被**活活燒死**，看來受到太大打擊了，不如你們先看看現場，等一會再問吧。」

「這也好，待他平靜下來再問吧。」福爾摩斯**瞄一瞄**崩潰了似的艾克，點頭答道。

說完，福爾摩斯走到門口**左面**那扇破碎不堪的**玻璃窗**前細看，然後又蹲下來，仔細地檢視佈滿一地的**玻璃碎**。

華生走過來說：「好大火啊，連玻璃窗也被燒得爆裂了。」

福爾摩斯沒有答話，他站起來，把頭伸進破窗中，小心地朝下看去，只見屋內的窗下也滿佈玻璃碎，但看來比起屋外的玻璃碎要少得多。

「艾克就是站在這扇窗前，目擊案發經過的。」狐格森也走到窗前說。

「噢，是嗎？」福爾摩斯心不在焉地答，然後，又走到門口右面那扇破窗去，像剛

才那樣，蹲下來看完，又把頭伸進窗內檢視一番。

「怎麼你只顧看窗啊，不如進裏面看看吧。」狐格森催促道。

「好呀。」說着，福爾摩斯就跟着狐格森，走進工場裏。

可是，他進門後，卻在門前停下來，盯着門閂問道：「這道門的門閂毀爛不堪，消防員是破門進來的嗎？」

「是呀，據說男死者把自己和妻子反鎖在屋中，消防員得破門才能進來。」狐格森道。

一進屋內，一股臭味撲鼻而來，華生眉頭

一皺，急忙掩着鼻子說：「果然是燒死人的氣味呢。」他當軍醫時，在阿富汗的戰場上親眼見過士兵被燒死，對那股獨特的氣味記憶猶新。

工場內部已被燒得全部焦黑，不過石造的牆壁只是被薰黑了，損毀並不嚴重。牆邊則仍堆着燒焦了的木頭。

狐格森走到工場的中間，指着腳邊的木地板說：「這裏就是男死者占美**伏屍**的位置。所以，這附近留下的痕跡與其他地方不同。」

福爾摩斯蹲下來，仔細地檢視狐格森所指的位置，果然，木地板上明顯地現出一個**人形**的陰影，應該就是死者伏屍留下的**痕跡**。

「發現這個男死者時，他的死姿如何？」福爾摩斯問。

「他是背脊朝天**俯臥**在地上的。」狐格森說。

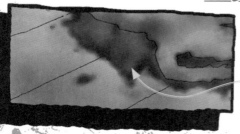「這**附近**燒得又深又黑，又是什麼緣故？」華生指着伏屍附近的地方問道。

　　福爾摩斯看了看，肯定地說：「那是**煤油**淋過的位置，因為煤油助燃，火勢特別猛，所以被煤油淋過的地方燒得特別深。」

　　「來這邊看看。」狐格森走到工場最深處，指着**牆腳**附近說，「死者的太太**瑪莉**，就是倒臥在這裏。」

　　福爾摩斯走前，看了看地上的黑影，道：「唔……她的死狀跟她的丈夫一樣呢。」

　　「是的，她死時也是**俯伏**在地上。」狐格森答道。

　　這時，福爾摩斯注意到女死者倒地的左邊和右邊的木地板上也有被燒得特別深的地方，而且像一道**弧線**那樣，一直在地板上伸延開去，足足長達**兩米**多。

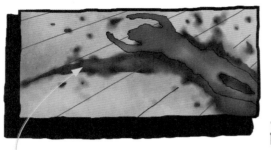

「怎麼了？有什麼發現嗎？」狐格森見福爾摩斯看得**出神**，於是問道。

「唔……」福爾摩斯蹲下來，仔細地檢視地上那道燒成**弧形**的痕跡。

「啊，你覺得這道弧痕奇怪嗎？我早注意到了，據艾克說，男死者在**自焚**之前，先往妻子身上潑煤油，這道弧痕，就是煤油澆過的地方。」狐格森道。

「原來如此。」

狐格森搖搖頭，深深地歎了口氣說：「案情就是這麼簡單又清楚，占美燒死自己的妻子，同時又燒死了自己。只是**老太婆**不肯接受殘酷的事實，盲目地堅信自己的兒子沒有犯案而已。」

「**她的堅信是對的**。」福爾摩斯呢喃似的吐出一句，但說這話時，眼睛卻閃着一道**異光**，煞是嚇人。

　　華生和狐格森看到他那副可怕的表情，都不約而同地**心頭一顫**。他們知道，福爾摩斯言必有據，他這麼說，必定已有所發現。可是，是什麼驅使他作出如此肯定的**判斷**？

華生迅速在腦海中整理福爾摩斯觀察過的地方，分別是**破窗**、兩個死者**伏屍的位置**、占美伏屍附近又深又黑的**火燒痕跡**。最後，還有那道長達兩米多的**弧痕**。

　　然而，這些又代表了什麼？華生想來想去，依然百思不得其解。

　　狐格森想了一想，向福爾摩斯不服地問道：「你憑什麼作出這個判斷？」

　　福爾摩斯環視了一下整個工場，自信十足地說：

「你看不見嗎？這個火災現場已告訴了一切呀。」

狐格森一臉**茫然**，究竟福爾摩斯看到了什麼？

「不過，我還有未解決的**疑問**，必須查問一下目擊證人艾克，才能肯定自己的判斷。」福爾摩斯說着，走出了火場，步向看來已從悲痛中冷靜下來的艾克。

「艾克，我明白你的痛苦，但你必須把事發經過**復述**一次，否則我們無法消除占美媽媽的疑慮。你知道，她並不相信占美會燒死妻子和**引火自焚**。」福爾摩斯說。

艾克哀痛地點點頭，道：「我明白的，當母親的都不肯相信兒子會幹出這種事情來。但我看到了一切，事發經過是這樣的……」

事發的經過

　　當天，我本來正在工場裏修理一個馬車輪子，不知怎的，占美忽然與瑪莉吵起來，責罵她在外面有男人。我對他們兩夫婦吵架已**見怪不怪**，以為吵一會就沒事了，為免尷尬，就走到外面去**抽煙**。但他們越吵越烈，突然聽到「砰」的一下關上大門的聲音，我於是透過**窗口**，看看裏面發生什麼事。

　　關上大門的是占美，他拿起放在右面牆邊的一桶**煤油**，一步一步

的逼近瑪莉，瑪莉大驚，連忙退到後面的牆邊去。占美走近，他二話不說，就把煤油向瑪莉，並向瑪莉擲出一根點着了的火柴。瑪莉霎時被火焰包圍。

接着，他提起另一桶煤油，走到工場的正中間。我看勢頭不對，馬上奔往大門想衝進去，誰料門已給反鎖，只能折回窗前，本想打開窗叫占美開門，但窗子也給上了閂，我只好隔着窗叫喊。占美聽到了我的叫聲，他回過頭來慘然一笑，就把煤油桶舉到頭上，把整桶煤油朝頭頂淋下，

然後，又點着了一根火柴。

占美全身立即起火，我給嚇得連退幾步，立即就跑去叫人救火，但這個工場附近都沒有民居，要跑好遠才找到人幫忙。十多分鐘後趕到回來，整個工場已陷入火海之中了。

福爾摩斯聽完艾克的憶述，沉吟半晌後，問道：「你說曾經想開門進內，但大門卻給占美反鎖了嗎？」

「是的。」艾克答道。

「我們調查過了，大門確實是被鐵製的門閂反鎖了，外面的人有鑰匙也不能開門進去。」狐格森補充。

福爾摩斯走到在大門左邊的那扇破窗前，問道：「艾克，你是透過這扇窗目擊剛才所說的經過吧？」

「是的。」艾克答道。

「這只是一扇玻璃窗，你為何不打碎它，攀進屋內制止占美呢？」

「啊……當時事出突然，我沒想到這一點。」艾克有點猶疑地答。

　　福爾摩斯點點頭，表示
理解地道：「我明白的，情
勢危急下有時會作出錯誤的
判斷。」

　　艾克聞言，鬆了一口氣。

　　「對了，你可以去開
一桶水來嗎？」福爾
摩斯提出一個
奇怪的要求。

華生不知道福爾摩斯所為何事，但心想他必然**另有目的**。

艾克並無異議，他撿起一個大概是人們救火時留下的**水桶**，走到工場旁邊的一個**水龍頭**，開滿了一桶水後，就提着水桶走過來了。

「福爾摩斯先生，你想幹什麼？」狐格森忍不住問。

「沒什麼，我想艾克到屋內，**示範**一下占美用煤油從頭頂淋下的情形。」福爾摩斯若無其事地說。

「什麼？天氣很冷啊，沒有這個必要吧？」狐格森反對。

「不算太冷呀，華生今早才從頭到腳淋過一

次呢。」福爾摩斯**裝傻扮懵**似的說。

　　狐格森不滿地說：「就算艾克答應，我也無法同意，因為案發現場還未**解封**，絕不可以淋水破壞的呀。」

　　「原來如此。」福爾摩斯裝模作樣地**思索**了一下，「明白了，不必進屋，就在這裏示範吧。」

　　「你太過分了，艾克是**目擊證人**，他是來幫忙的呀，怎可以提出這種要求。」狐格森抗議。

　　艾克也被氣得滿面通紅，說：「我不會這樣示範的。」

　　「算了！算了！**把水倒掉吧！**」福爾摩斯裝作不滿地說。

艾克雖然氣憤，但仍依指示「嘩啦」一聲把水倒到地上。

福爾摩斯沒有理會艾克的憤怒，又提出要求說：「桶裏已沒水了，可以示範一下占美**自焚**的動作吧。」

艾克雖然生氣，但桶中已沒有水，就把水桶舉到頭上，做出**反轉**水桶倒水的動作。

「很好。」福爾摩斯**別有意味**地一笑。

「夠了吧？我可以走了嗎？」艾克說。

「不，仍有事情要辦，到工場裏去吧。」福

爾摩斯說着，已朝工場門口走去。

三人跟着他進了工場，艾克有點**厭煩**地問：「還有什麼事情？請趕快說，我並不空閒。」

福爾摩斯沒理會他的投訴，道：「你看到占美把煤油*潑*向瑪莉，可以站到占美當時站的位置去嗎？」

艾克感到有點疑惑，但仍合作地走到那個位置上。那個位置，距離瑪莉**伏屍**的地方大約兩米。

2m

「你肯定沒錯吧？」福爾摩斯問。

「肯定沒錯，我親眼看見的。」艾克不耐煩地答，眼神卻**閃爍不定**。

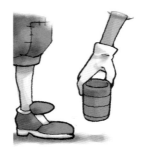

「華生，在艾克站的位置上做個**記號**。」福爾摩斯說。

華生撿起地上的一個**鐵罐**，放在艾克的腳邊。

「好了，艾克，請你走到占美自焚的位置上吧。」福爾摩斯說。

「實在太麻煩了。」艾克一邊**嘀咕**，一邊走到工場正中停下，那個位置正是占美伏屍的地方。

華生不待搭檔吩咐，又撿起另一個鐵罐，放到艾克的**腳邊**。

「好！全部完成了。」福爾摩斯滿意地說。

眾人走出了工場，艾克問道：「我可以走了吧？」

福爾摩斯冷冷地一笑，說：「**走？你怎可以走？**」

「什麼？這是什麼意思？」艾克赫然一驚，似已感到**不祥之兆**。

「因為……」

福爾摩斯眼裏射出一道**寒光**，突然舉起右手，如**利劍**般指向艾克：

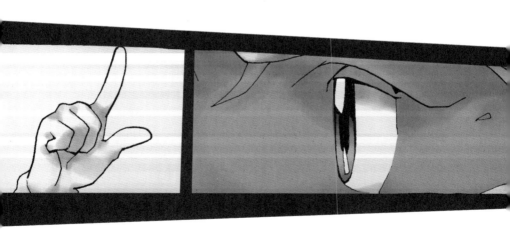

火痕在說話

艾克一怔，看來已着慌了：「別……別含血噴人！你有什麼證據？」

狐格森也有點慌了，他沒想到我們的大偵探竟會這麼快就作出結論，而且還指控目擊證人就是犯人！

福爾摩斯向華生遞了個眼色，華生意會，悄悄地握緊袋中的手槍，以防艾克作出反抗。

「證據嗎？看來不當面說出來，你也不死心吧？」說着，福爾摩斯蹲了下來。他撿起一枝樹枝，在地上這裏畫畫、那裏畫畫，很快就畫出了一幅火災現場的平面圖。

圖上，顯示了 7 個重要的**位置**。

Ⓐ 占美伏屍的地方，以及他自焚的站立點
（艾克的證言）。

Ⓑ 瑪莉伏屍的地方。

Ⓒ 占美把煤油潑向瑪莉時的站立點
（艾克的證言）。

Ⓓ 一條長達兩米
多的弧痕。

Ⓔ 占美自焚時留下
的煤油痕跡。

Ⓕ 左邊玻璃窗及分
佈於屋內屋外的
玻璃碎。

Ⓖ 右邊玻璃窗及分
佈於屋內屋外的
玻璃碎。

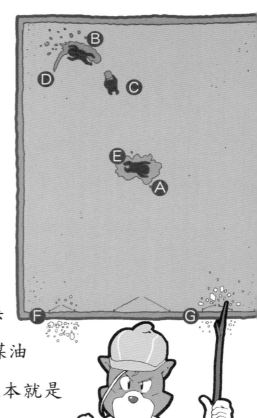

「艾克，你說占美

站在 Ⓐ 的位置上把煤油

桶舉到頭上淋下，根本就是

「**一派胡言**！煤油燃燒後留下的痕跡，就是證明！」福爾摩斯冷冷地道。

華生和狐格森都**不明所以**，為何痕跡可以證明艾克說謊？

未待他們兩人細想，福爾摩斯已說出疑點：「我已說過，煤油澆過的地方，留下的火燒痕跡會特別**深**，所以 **E** 所示的陰影位置，就是煤油燒過的痕跡。」

「是呀，那又怎樣？」狐格森問道。

「還不明白嗎？那些痕跡表明，煤油是從**膝蓋**左右的高度澆到死者身上和地板上的，所以留下痕跡的範圍才這麼小。如果是從頭頂淋下，煤油必會**濺**到更遠的地方，留下痕跡的範圍必會更廣！」

「啊！」華生突然想起，他早上被水朝頭頂淋下時，水花確實濺到更遠的地方！

艾克臉色突變，露出驚惶之色。

「別那麼慌張，還有呢。」福爾摩斯冷然一笑，「我估計，占美和瑪莉被火燒着的時候，其實早已死了。」

「什麼？」狐格森感到非常意外。

「如果他們被活活燒死的話，又怎會筆直地伏在地上？」

「啊！」華生叫起來，「我記起了，在戰場上被活活燒死的人，他們全部都像蝦一樣蜷曲着身體的。」

燒前已死　活活燒死

「對，火燒的痛楚會令人蜷曲身體，沒有人會筆直地躺着讓火燒，除非他已死了。」福爾摩斯說。

福爾摩斯看一看艾克，這時，艾克已臉如死灰，大概已知**劫數難逃**吧。

「此外，被火燒着的人都會儘量逃向**門口**，瑪莉該懂得逃生呀，她怎會站在遠離門口的地方任由火燒呢？」福爾摩斯道。

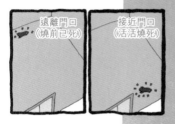

遠離門口
（燒前已死）

接近門口
（活活燒死）

有道理！狐格森終於信服了，他一手揪住艾克的衣領，喝道：「**哼！原來你才是縱火殺人的兇手！**」艾克被嚇得雙腿一軟，跪了下來。

「我還沒說完啊。」福爾摩斯繼續，「你們看到他剛才提起水桶和把水倒到地上時，有什麼**與別不同**嗎？」

華生和狐格森**面面相覷**，不明所以。

「哎呀，你們剛才在看什麼呀？這麼重要的線索也看漏。」福爾摩斯怪責，「他把水拿來時，用**左手**提着水桶。當我叫他把水倒掉時，他用右手托着桶底，把水倒向他的左前方。」

「那又怎樣？」狐格森仍然不明重點所在。

不過，華生已知道福爾摩斯要說什麼了，他指艾克是個**左撇子**，因為只有左撇子才會習慣用左手拿重的東西（如提起水桶）。

但是，證明艾克是左撇子又有什麼用？華生並未想通這點。

福爾摩斯彷彿看透華生所想似的，說：「看看地板上那道**弧痕**吧，那是左撇子造成的，因

左手潑　　右手潑

為，只有**左撇子**倒煤油時才會桶口向左。」

狐格森眼前一亮，他恍然大悟
地道：「原來如此，那道弧痕 Ⓓ 明
顯向**左傾**，即是說，煤油是左撇子潑到地板
上的！」

「沒錯，如果死者占美不是左撇子，那麼，
就證明煤油不是他潑下的。」福爾摩斯點出
要害。

艾克**軟攤攤**地跪在地上，身體不斷發
抖。他比誰都清楚，占美不是左撇子，潑煤
油的左撇子不是別人，正是他自己。

狐格森沉思片刻，道：「但我還有一個
疑問，大門是**反鎖**的，這傢伙放火後又怎樣
離開？」

「這還不簡單，打破**玻璃窗**不就能走出

來嗎？」福爾摩斯理所當然似的說。

「玻璃窗不是被火燒後破碎的嗎？」狐格森問。

「**右面**那扇窗確是高溫下破碎的，但**左面**那扇卻是艾克在屋內打碎的。」福爾摩斯用腳踢了艾克一下，「喂，我說得對嗎？」

艾克垂頭喪氣地點點頭。

「啊……你如何猜到的？」狐格森和華生都感到很驚訝。

「什麼猜到的？我查案從不猜，那是觀察出來的。」福爾摩斯解釋，「玻璃受熱後，會向熱力來的那方**膨脹**。要是屋內起火，玻璃窗必然是向屋內膨脹，當它破裂時，碎

玻璃

遇熱膨脹

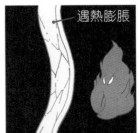
砰！

打碎

燒爆

片大部分就會彈向屋內。所以，屋內的碎片會比掉到屋外的多，一般來說是 **7:3** 之比。可是，我發現左面那扇窗的碎片，有 8 成掉在 **屋外**，只有 2 成在屋內，那又怎會是玻璃受熱造成的呢？」

　　不必我們的大偵探再解釋，華生和狐格森都明白了。

　　艾克放火前，先在屋內反鎖大門和窗戶，製造占美自困屋內的 **假象**。然後，再用硬物打破左面的玻璃窗，並在已死去的瑪莉和占美身上潑上煤油和點火，接着，就通過破窗逃到外面去。這個縱火兇案，根本就是艾克 **自編自導自演** 弄出來的，他才是縱火殺人犯！

艾克被狐格森拘捕了，並承認了一切罪行。原來，他欠下了一筆**高利貸**必須清還，如果在限期內還不了錢，高利貸的打手聲言會打斷他的手腳。在無路可走下，他在占美和瑪莉的飲品裏**下毒**，先毒死了兩人，然後把工場的貨款偷走，再佈局**毀屍滅跡**，以為一把火就可把所有證據燒掉。不過，他沒想到，火除了會燒掉證據外，反過來也會留下更多證據，一旦被福爾摩斯盯上了，任何罪犯都**難逃法網**！

「福爾摩斯先生，這次真的非常感謝你。」狐格森衷心地向大偵探道謝。

「不必客氣，最重要的是為死去的占美**洗脫罪名**。」福爾摩斯說。

狐格森點點頭，道：「你說得對，我把艾克那傢伙押去本地的警局後，還要去向占美的

媽媽鄭重地道歉，因為我們誤信了艾克，幾乎把占美當作殺人犯。」

「對，你必須這麼做，否則占美會**死不瞑目**。」說完，福爾摩斯和華生就向狐格森道別，往火車站走去。

「你這個冷血鬼，走吧！」狐格森則一邊叱喝一邊揪着艾克的後領，往警察局而去。

這時，天上忽然灑下微微細雨，輕輕地打在福爾摩斯和華生的臉上，令他們感到一陣清涼。

　　去到火車站後，兩人赫然發現，那兩婆孫撐着雨傘仍站在原地，並沒有回家。

　　「怎麼你們還在這裏？」華生趨前問道。

　　「我想儘快知道調查的結果，所以一直沒有走開。」老婦人有點不好意思地說。

福爾摩斯向她微笑道：「要你久等了，已查清楚了，犯人是**艾克**，是他縱火引發慘案的。」

「啊……」老婦人聞言，吃驚得不禁退後了兩步，「原來……原來是艾克，他是工場的**工人**，他怎會這樣……」

福爾摩斯看了看抬頭望着他的小湯姆，於是把老婦人拉到一旁，輕聲道：「你的兒子占美並沒有犯案，他是**清白**的，你的堅信令**真相大白**了。」

「啊⋯⋯占美是清白的⋯⋯占美是清白的⋯⋯」老婦人自言自語地呆了半晌，然後才突然醒過來似的，激動地握着福爾摩斯的手，久久說不出話來。

華生在旁看到此情此景，內心感動之餘，也感到非常難受。他知道，為她的兒子洗脫了罪名，雖然可以讓她解除了心理上的重擔，但這個孤苦伶仃的老婦人，日後只能與小孫兒

相依為命，還要面對十多二十個**寒暑**，才能把小孫兒養育成人。這段歲月，一定會充滿難熬的困難。

福爾摩斯把老婦人擁在懷裏，用空着的左手輕輕地拍了拍她那**顫動不已**的背脊，安慰道：「請**節哀順變**吧，小湯姆還小，他要你的撫養才能成人啊。」老婦人含着兩眶**淚水**點點頭，才鬆開了福爾摩斯的手。

「奶奶，你怎麼又哭了？」天真的小湯姆問。

福爾摩斯在小男孩的跟前**蹲下**，拉着他的小手說：「奶奶只是有點激動罷了，你要好好照顧奶奶啊，懂嗎？」

「懂！」小湯姆用力地點點頭，「我會照顧奶奶的，叔叔不用擔心。」

真正的意義

回程的火車上，福爾摩斯默然不語，只是看着窗外如流水般向後*飛逝*的風景。

華生的心情也久久不能平服，腦海中還不斷浮現兩婆孫在站頭向他們**揮手道別**的身影。

「華生，你知道嗎？」福爾摩斯忽然轉過頭來問。

「知道什麼？」華生詫異地反問。

福爾摩斯深深地吸了一口煙斗，兩眼閃爍着**痛楚**道：「我一直在想，調查這個慘劇，最關鍵的是要為死者還一個清

白，這比能否抓到真正的兇手更重要。」

「什麼意思？」華生問。

「如果不能為死者還一個**清白**的話，小湯姆懂事後，就會永遠痛恨自己的父親，因為他會以為父親是個殺死母親的**冷血狂人**。這個誤會，可能會**壓垮**他的整個人生啊。」

華生明白了，他完全同意福爾摩斯的顧慮和細心。

占美夫婦已**遇害**，就算抓到犯人也不能令他們死而復生。然而，占美的兒

子小湯姆還得活下去，如果要他背負這樣一個**臭名**——自己體內潛藏着冷血殺人狂的**基因**，他必然會活得非常痛苦。所以，為占美洗脫殺人的罪名，才能為小湯姆卸下心理上的**重擔**，讓他可以像一棵健康的**小樹**，在奶奶的撫育下茁壯地成長。這，才是破解此案的**真正意義**！

就是說，福爾摩斯不單破解了一宗兇殘的放火殺人案，而且，他還間接拯救了一個小孩子的一生。

科學鬥智短篇
血的預言

紅髮老人求救

十月七日黃昏，倫敦已被 日落 的金黃色籠罩。

「大新聞呀！大新聞呀！惡魔修女昨天被判 **死刑**，今早已被問吊處決，她吊在絞架上時，眼睛還睜得大大的，好像死不眼閉呢！大新聞呀，快買份晚報看看吧！」報童叫賣的聲音，傳到了正在家中閱報的華生耳中。其實，他也正在閱讀這宗大案的頭條新聞。

「華生醫生！有位 **紅髮伯伯** 說要找福爾摩斯先生！」小兔子氣沖沖地奔上來，把看報看得入神的華生嚇了一跳。

「紅髮伯伯？」華生覺得這個形容似曾相

識,但又想不起是什麼。

　　小兔子**煞有介事**地說:「是呀,他的頭髮全紅,所以我叫他紅髮伯伯,他還說認識你和福爾摩斯先生呢。」

　　華生想了一下,突然想起**紅髮同盟會**事件中的主角:「難道是開當鋪的威爾森先生?他又有什麼事呢?」

　　這時,樓梯已傳來了沉重的腳步聲,不一刻,一個**紅髮老人**已推門進來,果然,他就是華生口中的威爾森先生,因為他的關係,福爾摩斯還協助警方破了一宗**銀行大劫案**呢。*

*詳情請參看《大偵探福爾摩斯⑧驚天大劫案》

「華生醫生，好久不見了，我又要找福爾摩斯先生幫忙了，他在家嗎？」威爾森問。

華生連忙拉出一張椅子，讓紅髮老人坐下，並說：「真不巧，福爾摩斯先生患了重感冒，現正臥病在床。」

威爾森聞言，非常失望地說：「那可糟糕了，有人恐嚇我，說會對我不利，怎麼辦啊？」

「這麼嚴重？究竟是什麼事？或許我可以幫忙。」

華生道。

「對！對！對！難得福爾摩斯先生病了，正好由我和華生醫生出馬！別看我年紀小，其實我是**少年偵探隊**的隊長，還幫福爾摩斯先生破過很多大案。所以你不必擔心，儘管說來聽聽！」小兔子用拇指指着自己的鼻子，得意忘形地說。大家都知道，他最喜歡就是**多管閒事**了。

華生沒好氣地說：「小兔子，不要**自吹自擂**了，先聽聽威爾森先生遇到什麼麻煩吧。」

「沒有福爾摩斯先生也行嗎？」威爾森沒有信心地問。

「沒關係，如果真的遇到難以解決的**困難**，我還是可以請教福爾摩斯先生的。」華生安撫道。

威爾森聽到華生這麼說，似乎已放心下來，

於是說：「是這樣的，我在**十月一日**收到一個**吉卜賽**女人的信，她在信中說可以準確地預言世上發生的事。」

「這麼神奇？會不會只是一個**惡作劇**？」華生問。

威爾森搖搖頭，說：「我本來也是這樣想的，不過，她在信中預言**阿仙奴**會打贏**阿士東維拉**，結果當晚的比賽真的是阿仙奴贏了。」

小兔子聽着時眼睛發亮，問道：「你是指那場精彩的**球賽**嗎？我也有看報紙的報道，阿仙奴大勝四比零，好厲害啊！」

4：0

「足球比賽總有勝負，猜中了也沒什麼**稀奇**吧。」華生不以為然地說。

「對呀，阿仙奴是強隊，給我猜，我也能猜

中呢。」小兔子附和。

威爾森又搖搖頭，說：「你們都說得對，我的反應也一樣，所以根本就不把那封信放在心上。可是，在第二天，即是**十月二日**，我又收到那個吉卜賽女人的來信，她這次在信中說，**布力般流浪**會打贏**保頓**。」

「啊？難道她又猜中了？」華生問。

「我知道！」小兔子搶着說，「布力般流浪贏一比零！」小兔子最喜歡就是與其他街童談球賽，所以他對賽果**了如指掌**。

「沒錯，那女人又猜中了。」威爾森說。

華生想了一想，道：「只猜中兩次比賽結果，也沒什麼大不了。我賭馬時，偶爾一天也能買

中兩三場賽事呢。」

威爾森歎了一口氣，道：「如果只是這樣，我也不會來找福爾摩斯先生幫忙啦。」

「難道還有下文？」華生問。

「當然有，之後三天我都收到那吉卜賽女人的來信，她的預言都靈驗了！」威爾森說。

「怎可能？」華生面露難以置信的表情。

「不！是有可能的。」小兔子老氣橫秋地搖搖頭，以甚有權威的語氣說，「吉卜賽女人天生就是占卜能手，她們只需一副塔羅牌和一個水晶球，就能猜出一個人的過去與未來，千萬不可輕看她們啊。」

華生雖然不太相信小兔子的說話，但他也知道吉卜賽女人精於占卜算命，而且總給人神秘的感覺，好像擁有某種**超自然**的力量。

「其實，她不是普通的吉卜賽女人，她……她……還是個**女巫**！」威爾森說這話時，聲音已開始顫抖了。

女巫！一個充滿**神秘力量**的用語，加上威爾森那副驚恐的表情和聲調，小兔子腦海裏已浮現出一幅可怖的**巫婆**模樣——她頭戴黑色的尖帽，十指的指甲銳如利刀，她張着血盆大口，兩眼更射出嚇人的青光！

女巫！

華生聞言也有點**毛骨悚然**，幸好他常與福爾摩斯出生入死，怪事也見識過不少，所以很快就回復理性和冷靜。

他問道：

「你有帶那些信來嗎？

可否讓我看看？」

「我已帶來了。」威爾森

從口袋中掏出一疊 信件 ，

放到茶几上。

小兔子和華生一看，馬

上又嚇了一跳，因為全部信封都是黑色的，而

且信封上還貼着 骷髏頭 圖案的郵票，煞是嚇

人。

染血的來信

　　「不是一般的信呢……」華生強裝鎮靜地撿起了一封，小心地檢視信封和那枚骷髏頭郵票。

　　「華生醫生，你……嗅嗅看，我……總覺有股特別的……氣味。」威爾森說這話時，已渾身哆嗦了。

　　其實，華生在威爾森掏出那疊信的一剎那，已嗅到一股似曾相識的氣味，經威爾森這麼提醒，他把信封湊到鼻子前面，小心翼翼地嗅了嗅。

「唔⋯⋯這氣味⋯⋯哦！我記起來了，這是戰地醫院常常彌漫着的血腥味。」曾在阿富汗當軍醫的華生，終於想起來了。

「血腥味？」小兔子感到一股寒氣流過背骨，打了個寒顫。

「是血乾了後留下的氣味。」華生說着，再仔細地檢視信封，「看來，信封表面的黑色是用血當作顏料塗上去的，嚴格來說是瘀紅色。」

小兔子瞪大了眼睛，問：「難道那些血是⋯⋯」

「不，是雞血罷了。」華生已知道小兔子想問什麼了，馬上出言制止，以免嚇壞威爾森先生。

果然，威爾森先生鬆了一口氣。

華生再檢視那枚郵票，說：「唔……這枚郵票不是郵局發行的，看來是自行繪製的。而且，上面的郵戳也是畫上去的。」

「這麼說來，是有人把信放到我的郵箱裏，不是郵差送來的了？」威爾森問。

「我看一定是這樣，郵局收到這麼奇怪的信，一定會有所懷疑。」華生答道。

接着，華生把信封裏的所有信函拿出來細閱。他數了數，一共有五封，前面的兩封都是預測球賽的賽果，而且根據威爾森說，女巫全都猜對了。不過，由第三封開始就不同了，

不但預測的事情不同，**用詞遣字**的語氣也嚴峻很多，還充滿了恐嚇意味，更可怖的是，信末的簽名上還滴了一滴~~血花~~。

第三封信，是這樣寫的：

威爾森先生：

　　我已兩次準確地預告了球賽的結果，你不會對我的預知能力有懷疑吧？好了，我為什麼會選中你，讓你知道我的能力呢？你一定心裏有這樣的疑惑吧？不過，現在還未到告訴你的時候，因為，當我告訴你時，你必須面對人生最重要的抉擇：不是生，就是死！

　　對了，預告球賽的結果大概已令你生厭了吧？就讓我來作另一個預告吧。

　　今晚國會將表決是否經濟制裁德國。我們的保守黨太過自信了，那群愚蠢的議員竟然不

聽我的忠告，硬要投票贊成議案，我就要他們今晚一嘗失敗的滋味。不妨預先告訴你，議案會被否決！

吉卜賽女巫血的預言

華生對此表決 **記憶猶新**，當時兩派議員互不相讓，結果議案只是 **兩票之差** 就被否決了，所以能夠準確預測結果並不容易。這個女巫的實力果然 **不容小覷**。

華生放下信函，撿起了 **第四封信**，一看之下，發覺信中的語氣又升級了，而這次在信末的簽名上，更滴了兩滴 **血花**。信上這樣寫道：

威爾森先生：

哈哈哈哈！我沒說錯吧？議案被否決了。你不是國會議員，當然沒看見現場的情況，但我可不同，我已通過水晶球看見了，保守黨那些議員垂頭喪氣的樣子實在太好看了。其實他們的黨魁已來日無多，不但會被黨員趕下台，幾個月後還會被一輛馬車撞死！如果他虛心一點聽我的忠告，我是會告訴他破解厄運的辦法的，可恨的是，他這個人太高傲了，簡直是死有餘辜！

你還會懷疑我的能力嗎？不會！你一定不會的，沒有人可以懷疑我的能力，除非他是個不知死活的傻瓜。因為，懷疑我的人都沒有好下場！

現在，又到展示我的能力的時間了。記住留意明天英國首相選舉的結果，是威廉·格萊斯頓勝出，本來他是不會獲選的，但他已得到了我的

護身符，所以能反敗為勝。我的護身符，可以為人們消災解難，不信的話，明天就看看我的預言是否靈驗吧。

吉卜賽女巫血的預言

華生看完這封信後，他的**理性**已開始動搖，彷彿已感受到女巫的巨大**陰影**已壓在自己的背上，不得不相信她的能力了。因為，確實是威廉·格萊斯頓獲選了，他打敗了勢均力敵的對手，成為新一任的**英國首相**。

當華生撿起第五封信細閱時，更感覺到自己的手在**打顫**，為了不讓小兔子和威爾森先生察覺自己內心的**動搖**，他花了好大的氣力才能壓制住不穩的情緒。

不過，華生始終不敵信中的內容，因為，這個預言比前四封信的預言都要**震撼**，他內心的震動，已完全表露在臉上了。

「怎麼了？華生醫生，最後一封信的預言是什麼？」小兔子好奇地問。

「是關於修女今早被**問吊**的案件……」華生吞了一口口水說。

「什麼？街上報童叫賣的**晚報**，就是講這宗新聞呀！據說那個**惡魔修女**被問吊後，還死不閉眼啊。」小兔子說得好恐怖，他想一想後又再問，「但與信中的預言有什麼關係？」

「這封信預言那個修女會被判處死刑，又給那個吉卜賽女巫猜中了！」華生說。

「啊……」小兔子張着大嘴，說不出話來。

華生苦惱地搔搔頭皮，說：「這個案子充滿爭議性，報紙連日來都報道了。那個修女只是為一個身患絕症的病人拔去了喉管，免得病人痛苦。可是，這並不容於法律，因為沒有人可以自己判定一個人的生死。」

小兔子滿臉疑惑地問道：「那麼，她被判死刑不是理所當然嗎？預言雖然應驗，但也不算很了不起吧？」

華生搖搖頭，說：「不，不少人認為那個修女只是好心，不忍看着病人受苦，所以才應病人的哀求拔去他的喉管。而且，審理此案的陪審團一共七人，只有四人贊成判處死刑，

其餘三人都（反對）。就是說，那修女是在四對三之下被送上了**絞死台**的，要是有多一個陪審員反對，她就罪不至死了……」

死刑

「對，很多人都以為只會判監了事，沒想到會……會判死刑，所以才引起**輿論**這麼大的反嚮。」威爾森歎了口氣說。

「是啊，這個案子實在難以判斷**對錯**，相信在一百年後，人們仍會為這個問題爭議不

休。」華生說。

「不管怎樣，總之女巫的預言又中了！」威爾森又回到正題，「現在應該怎麼辦啊？我要按照女巫的**指示**去做嗎？」

小兔子聞言，緊張地問：「女巫的指示？這是什麼意思？難道她在信中有什麼指示？她要你做什麼？」

「唉……」威爾森**雙手掩面**，只是歎了口氣，說不出話來。

看見威爾森老人沒回答，小兔子只好轉過頭去看華生，等待他的回答。

華生緊緊地握着那封信函，皺起眉頭，說：「看來，我們解決不了這個難題，**是時候找他出馬了**……」

「他……？」威爾森抬起頭來，充滿期待。

「沒錯，必須找福爾摩斯
出馬！雖然他病了。」華生
毅然地向紅髮老人點點頭。

　　說完，華生一把抓起桌
上所有信件，丟下小兔子和
威爾森老人，逕自往老搭檔
的睡房走去。

病榻上的大偵探

睡房中，只見福爾摩斯滿臉**病容**地睡着。華生走近床邊，搖了搖他的肩膀。

「唔……？什麼事？又到**吃藥**的時間了嗎？」福爾摩斯無力地睜開眼皮，呻吟似的問。

「不，還未到吃藥的時間，只是有一宗案件必須你幫忙。」華生有點不好意思地說。

「什麼？」福爾摩斯略為把眼皮**撐開**一點，「很嚴重的案件嗎？待我病好了再算吧。」說完，他又合上眼皮**沉睡**去了。

唔……
什麼事？

華生雖然不太忍心打擾病重的老搭檔，但也不能丟下紅髮老人不管，於是又用力搖了一

下床上的福爾摩斯，說：「你清醒一下，這個案子牽涉一個**吉卜賽女巫**，是**紅髮同盟會**一案的威爾森先生走來要求調查的，而且時間緊迫，我們不能不管。」

看來華生提及的「吉卜賽女巫」和「紅髮同盟會」引起了福爾摩斯的注意，他又撐開了眼皮，本來鬆散的眼神更突然**聚焦**，閃出一道靈光。

華生豈會放過福爾摩斯突然回神的機會，馬上把吉卜賽女巫那四封來信的內容說了一遍。我們的大偵探聽着聽着，又合上了眼睛，還發出輕微的**鼾聲**，彷彿又回到**夢鄉**去了。

「喂，你有沒有聽清楚？不要睡着呀……」

「第五封信呢？快把信件讀給我聽聽。」福爾摩斯沒有睜開眼睛，只是沒好氣地說。

原來他並沒有睡着，看來只是**閉目養神**而已。華生鬆一口氣，馬上把第五封信讀出。信是這樣寫的……

> 威爾森先生：
>
>   嘿嘿嘿嘿！在我的祝福之下，威廉‧格萊斯頓勝出了，他已成為英國的下任首相。不過，他實在太過得意忘形了，竟然在宣讀勝利宣言時，沒有戴上我送給他的護身符——一枚鑲着血鑽的戒指。不過，沒關係，他會得到懲罰的。不久之後，愚蠢的他就會受到國會的彈劾，說不好還會被趕下台呢。到時，他就會哭喪着臉，走來求我幫忙了。

閒話少說，威爾森先生，讓我向你宣告最後一個預言吧！那個私下拔去病人喉管的惡魔修女，一定會被判死刑！那些憐憫她的人都是笨蛋。因為她其實是魔鬼的化身，絕對罪無可恕！何況我已在她身上下了毒咒，她又怎能避過這場厄運啊！

惡魔修女的下場對你有什麼啓示呢？當然有！你的當鋪因為收集太多來歷不明的古董，已被一股邪氣籠罩，不按照我的辦法去做的話，你就會遭遇血光之災，說不定還會有生命危險！

後天晚上8時前，將20英鎊現鈔放到一個信封中，信封上寫上「To: Flat H, 8/F, 200 Kennigton Park Road, London Miss W. Gitana」，然後把它投進距離你家最近的郵筒中，我收到款項後，就會寄給你一枚消災解難的戒指，只要戴上它，你的厄運自會消失於無形！記住，信必須準時寄出，寄遲了，厄運就會降臨！

吉卜賽女巫最後的奪命預言

華生讀完信後，向仍然緊閉着**眼瞼**的福爾摩斯問道：「怎樣？我們應該按女巫信中的指示去做嗎？」

「你說什麼？」床上的大偵探**呢喃**。

「我問要否按信中的指示去做。」

突然，福爾摩斯**霎**的一下張開眼睛，以駭人的目光射向華生。

華生嚇了一跳，戰戰兢兢地問：「怎麼了⋯⋯？」

「傻瓜！是**足球淘汰賽**罷了！這麼簡單的案件也想不通嗎？」福爾摩斯突然從床上彈起，大聲喝道。

「什麼？」華生並不明白「足球淘汰賽」的含意。

福爾摩斯看到華生一臉茫然的樣子，簡直氣得**七孔生煙**，

啪噠

本來已坐起來的上半身，就像死魚一樣，「**啪噠**」一下又倒回床上去。

「我……快要給你氣死了，實在沒有氣力大聲說話，你把耳朵湊過來吧……」福爾摩斯半張着眼，氣若游絲地說。

啊!!

華生把耳朵湊過去，一邊聽一邊頻頻點頭，還不時露出**驚訝**的神色。不一刻，福爾摩斯說完，又倒頭昏睡

去了。

「淘汰賽⋯⋯原來如此。這傢伙⋯⋯實在太屬害了⋯⋯」華生以欽佩的目光看着沉睡的老搭檔，他沒想到福爾摩斯只是躺在床上，已可以一一破解當中的謎團！

「還站在那兒看什麼？快去辦案吧。」忽然，沉睡中的福爾摩斯像夢囈似的輕輕地吐出一句。

華生赫然一驚，連忙衝出睡房，二話不說，就趕往蘇格蘭場，找李大猩和狐格森探員去了。

晚上八時左右，只見紅髮老人威爾森匆匆忙忙，滿懷心事地離開他的**當鋪**，走到街角的一個**郵筒**前面。然後，他緩緩地從口袋裏掏出一封厚厚的信，把信摸了又摸，萬般不願意似的，把它塞進了郵筒。

　　「**噗咚**」一聲，響起了信掉到郵筒深處的聲音，老人深深地歎了口氣，才頂着夜裏的**寒風**，不依不捨地離開，回到當鋪去。

郵筒的紅色油漆已經剝落，只見它**鏽跡**處處，就像一個已被世人遺忘的老乞丐，孤零零地守在街角上等待路人的**施捨**。

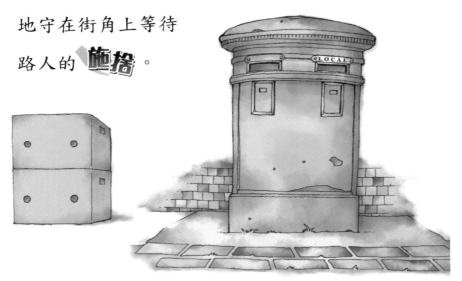

突然，一個**黑影**從街角的另一邊閃出，他**鬼鬼祟祟**地向四處張望，肯定周圍沒有人之後，就悄悄地走近郵筒，並從口袋中掏出一條**鑰匙**，很快就打開了郵筒的門。

黑影蹲下，往郵筒裏翻了幾翻，找到了目標的信件後，馬上又把郵筒門關上。他準備離開之

際，放在路邊的紙皮箱突然**彈起**，一個大漢從裏面猛然撲出。那**偷信賊**慌了，連忙掉頭就走，但一轉身，又看見一個人向他迎面而來。

這兩個不是別人，正是警探李大猩和狐格森，他們接到**通報**後，就按照華生的提議，叫

威爾森按照信中指示，把內有20英鎊的信封丟進指定的郵筒，然後在附近**埋伏**，等候犯人現身。

黑影眼見已被前後夾攻，只好拚命一搏，衝向看來比較瘦弱的狐格森，企圖**突圍**。狐格森並沒有與他正面衝突，反而輕輕往旁邊一閃，騰出一條路來。可是，當那人奔過時，狐格森伸腿一絆，「**哎呀！**」一聲慘叫響起，那人已摔個人仰馬翻，硬生生地倒在地上了。

蘇格蘭場孖寶一擁而上，很輕易就把那偷信賊逮捕了，一直躲在暗角觀看的華生和小兔子也不禁**拍掌叫好**。

原來，那傢伙是個名叫**積奇**的騙子，什麼吉卜賽女巫和血的預言，其實都是**子虛烏有**的東西，全部只是他編出來的**騙人伎倆**。

　　積奇被押到警局後，在李大猩的嚴厲**逼供**下，向大家坦白交代了行騙的手法。

　　首先，他選出 **32個** 行騙的目標人物，全部都是容易受騙的長者，然後就以如下方式分五天寄出行騙的信。

【第一天：10月1日】

把32個長者分成Ａ組和Ｂ組，各組16人。
向Ａ組寄出「阿仙奴勝」的信。
向Ｂ組寄出「阿士東維拉勝」的信。
阿仙奴勝，Ａ組（16人）出線。

【第二天：10月2日】

把Ａ組的16人分成C組和D組，各組8人。
向C組寄出「布力般流浪勝」的信。
向D組寄出「保頓勝」的信。
布力般流浪勝，C組（8人）出線。

【第三天：10月3日】

把C組的8人分成E組和F組，各組4人。
向E組寄出「制裁德國的議案被否決」的信。
向F組寄出「制裁德國的議案被通過」的信。
制裁德國的議案被否決，E組（4人）出線。

【第四天：10月4日】

把E組的4人分成G組和H組，各組2人。
向G組寄出「威廉·格萊斯頓獲選首相」的信。
向H組寄出「威廉·格萊斯頓不獲選首相」的信。
威廉·格萊斯頓獲選首相，G組（2人）出線。

【第五天：10月5日】

向G組（2人）分別寄出「修女會被判死刑」和「修女不會被判死刑」的信。
修女被判死刑，1人出線。不用說，那人就是紅髮老人威爾森了。

所以，不知內裏的威爾森，還以為吉卜賽女巫非常**靈驗**，預言都百發百中。其實，騙子積奇只是通過淘汰的方式，從 32 個目標中**篩選**出威爾森成為最後的一個「**出線者**」而已。

他並不知道，他「出線」之前，已有 31 個人被篩掉了。

所以，只要用上述的方法，任誰都能成為**預言家**，說穿了，只是一個非常簡單的**騙局**。

紅髮老人威爾森聽完騙子積奇的自白後，雖然感到**啼笑皆非**，但也放下心頭大石了。

精心策劃的 騙局

　　回到家裏後，華生和小兔子還非常興奮地討論案情，對**騙子**專門以長者為目標深感憤慨。不過小兔子仍有一個問題不明白，他問道：「為什麼福爾摩斯先生只是聽你讀出那幾封信，就能猜到這是個**騙局**呢？」

　　「淘汰賽，就是這麼簡單。」華生一臉得意地說，他已忘了福爾摩斯告訴他「**淘汰賽**」的奧妙時，自己茫無頭緒的樣子。

　　「『淘汰賽』？又不是打足球比賽，與這個**騙案**有什

麼關係？」小兔子問。

「當然有關係，其實，足球比賽的賽制與這宗騙案有**異曲同工之妙**啊……」接着，華生道出福爾摩斯在**病榻**上拆解騙局的經過。

原來，我們的大偵探聽到首兩封信的預言（都與⚽**球賽**有關）後，已知道騙局的意念來自數學上的「**淘汰理論**」，因為所有單淘汰賽，都必有一勝一負，而且最終也只會有一隊勝出，就像以下的圖表。

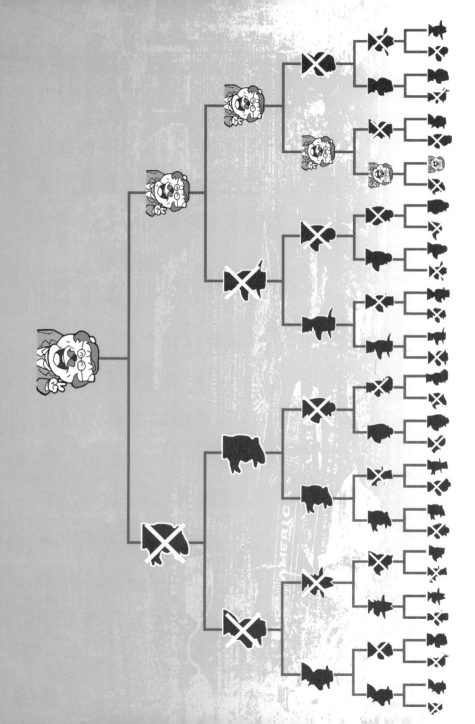

原來如此！威爾森先生就相當於最後勝出的那一隊冠軍球隊了，是嗎？

沒錯。不過，不同的是，冠軍球隊要靠自己的實力一層一層打下去，才能成為最終的勝利者。但是，威爾森先生只是被騙子經過一層一層的篩選後，剩下來的最終受害人罷了。

「那個騙子也真聰明呢，連這樣的**行騙手法**也想出來。」小兔子有點佩服地說。

「那騙子的確聰明，但他也不只是單靠『淘汰理論』來騙人啊。」這時，華生和小兔子背後響起了一把聲音。

兩人轉頭一看，

原來是福爾摩斯，他疲倦地走出來了。

「啊！福爾摩斯先生，你病好了嗎？」小兔子驚喜地問。

「你們這麼吵，我怎能好好休息。」

「對不起，吵醒你了。」說着，華生趨前摸了一下福爾摩斯的額頭，「唔……已**退燒**了，想不到案子一破，你就病好了。」

小兔子忽然想起福爾摩斯剛才的說話，於是問：「你說那騙子不是單靠『淘汰理論』來行騙，難道他還有什麼**把戲**嗎？」

「當然了。」福爾摩斯把騙子積奇的屬害之處一一道出。

① 行騙目標專門選長者，因為長者的分析力較弱，容易上當。

② 自稱吉卜賽女巫，增加神秘感和權威性，以增強「她」的可信程度。

③ 用雞血染紅信封來製造恐怖感，令受害人因害怕而失去識破騙局的能力。

④ 開首的兩封信只講球賽，但第三和第四封信的預言內容升級，還在署名上逐步增加血花，是向收信人一步一步加強壓力的手法。

⑤ 第五封信預言修女被判死刑，令受害人聯想到死亡的威脅，會因恐懼而不敢違抗信中的指示。

「**好厲害啊！**」小兔子聽完福爾摩斯的分析後，不禁大聲讚歎。

福爾摩斯狡點地一笑，說：「我還未說完，其實那騙子**收錢的方法**也非常聰明。」

華生想了一想，點頭道：「是的，他叫威爾森先生把裝了錢的信寄出，是製造一個**假象**，令人以為那封信會以**郵遞**方式送到女巫手上。」

「不過，他指定威爾森先生必須把信丟進距家最近的郵筒，卻露出了**馬腳**，讓我知道他一定會打郵筒的主意。」福爾摩斯道。

「所以，你就吩咐我通知李大猩他們在那郵筒附近埋伏。不過，我有一點還想不通，那騙子花那麼多心思，為什麼只

騙那麼少錢呢？」華生問。

「哈哈哈！問得好，果然是我的老搭檔，一問就問到了整個騙案的**核心**。」福爾摩斯大笑。

小兔子聞言，又好奇又緊張地問：「你已知道**原因**嗎？」

「嘿嘿嘿，我當然知道，但不會說出來，就讓你們自己想想吧。」福爾摩斯拋下一個神秘的笑容，打了個**大呵欠**，又回睡房睡覺去了。華生和小兔子面面相覷，不知如何是好……

＊各位讀者，大家又想到是什麼原因嗎？（答案就在右頁啊。）

左頁的問題：騙子積奇精心策劃出騙案，為何只騙20鎊那麼少錢？

答案：他想放長線釣大魚。第一次騙少一點錢，可以讓被騙的人放下戒心而易於上當。如果一下子要求的金額太多，失敗的機會也會相應提高，因為被騙者可能拿不出那麼多錢，要走去問親戚朋友借，這麼一來，騙局會讓太多人知道，被識穿的機會也大得多。此外，金額太大也會令被騙者提高警覺，就算遭到恐嚇也不會易於就範。

所以，很多騙子都會在開始時騙少一點，甚至給被騙的人嘗一點甜頭，如在賭局中故意讓被騙者先贏一點錢。當被騙者上了一次當後，騙子已可抓住被騙者的弱點，看準時機策動第二次行騙計劃。這次，騙的金額可以稍為大一點，然後一步一步蠶食被騙者的錢財，直至把他騙個清光為止。

有人的地方，就有騙子，大家也要小心提防，切勿讓騙子輕易得手啊！

預言信①

我收到一封預言信。

信上説我長大後仍一事無成。

這預言可信嗎？

可信，因為我的看法也一樣。

預言信②

我又收到一封預言信。

説我會飛黃騰達！

這預言可信吧？

可信，如果你撿破爛時撿到頭獎彩票的話。

我又收到一封預言信。

我又收到一封預言信。

預言會世界末日。

那又怎樣？

預言我命中有顆剋星會處處與我作對，令我永不安寧。

這預言很準呢。

信中叫我及時行樂，在死之前做喜歡做的事。

這預言對你沒用。

你怎知道？

因為……

你本來就是天天如此呀！

你的剋星就是我呀！傻瓜！

外一章
小兔子的生日

晚上，貝格街顯得一片寧靜，只有小兔子和幾個街童在街上追逐玩耍。

「咚咚咚咚⋯⋯」221號B二樓的門外響起了一陣敲門聲。

「什麼人？門沒鎖，進來吧。」正在沙發上看晚報的華生應道。

「唔？好香呢，是什麼氣味呢？」本來把頭埋在書本上的福爾摩斯，也抬起頭來說。

這時，門被推開了，愛麗絲捧着一個蓋上了蓋子的托盤，走了進來。

「啊？愛麗絲，怎麼是你？不用上課嗎？」華生問。

愛麗絲笑道：「學校放假，我來這裏玩兩天。」

「這裏沒什麼好玩，到街上找小兔子他們去玩吧。」福爾摩斯裝出厭惡的樣子說。

「是房東太太叫我上來的。」愛麗絲沒理會大偵探那叫人不快的態度，還理直氣壯地說。

福爾摩斯赫然一驚，連忙翻了翻桌上的月曆，才舒了口氣，道：「還未到交租的日子呀，房東太太叫你上來幹什麼？」

愛麗絲是房東太太親戚的女兒，讀的是寄宿學校，放假時常到房東太太家小住幾天。有一次福爾摩斯欠租，愛麗絲代為出頭追討爛賬，她那死纏爛打、錢不到手誓不休的勢頭，

令我們的大偵探束手無策，自此他一看到愛麗

絲就戒備三分。

「哎呀！福爾摩斯先生，你

誤會了，我不是來收租的。」

「不是來收租，來幹什

麼？」

「是來請你吃蛋糕

的。」

「什麼？」福爾摩

斯不敢相信自己的耳

朵，他心目中的愛麗

絲，是個牙尖嘴

利、整天只會跟人

計較金錢的小妖精，

從沒想到她會那麼豪

爽，居然主動請人家吃蛋糕。

就在這時，房東太太也捧着一個盤子推門進來，盤子上面還放滿了水果。

「福爾摩斯先生、華生先生，今天是愛麗絲的生日，我特意叫她上來慶祝的，人多熱鬧一點嘛。」房東太太笑着說。

華生聞言大喜：「原來是愛麗絲的生日，應該早點告訴我呀，可以讓我準備生日禮物嘛。」

「不必客氣了，大家一起慶祝已很高興了。愛麗絲，是嗎？」房東太太笑問。

「嗯。」愛麗絲雙頰微紅，看來有點不好意思。

房東太太揭開蓋着蛋糕的蓋子，一陣奶油的香氣撲鼻而來，誘得華生和福爾摩斯都不禁「嘟咚」一聲，吞了一口口水。

兩人趨前一看，只見蛋糕上還用奶油繪出了愛麗絲的頭像，煞是可愛。

「嘩！房東太太的手藝真了得，這個頭像真漂亮啊。來，快插上蠟燭點火，不然我的口水要流出來了。」華生興奮地說。

眾人七手八腳地一起插好了蠟燭，並一一點燃。

「把燈關了吧，這樣才有氣氛啊。」福爾摩斯提議。

「好呀。」華生關掉了煤氣燈，房間頓時黑下來，只餘蛋糕上的蠟燭閃閃爍爍，非常漂亮。

「來！我們一起唱生日歌。愛麗絲，你來吹熄蠟燭吧。」華生說。

「嗯。」愛麗絲害羞地點點頭。

「」

的歌聲響起，愛麗絲也高興地鼓起腮子，正想一口氣吹下去時——

　　突然，大門「砰」的一聲被踢開，一個黑影闖進大叫：「**發生什麼事？怎麼燈火突然熄了？**」

　　各人定睛一看，來者不是別人，原來是小兔子。他在樓下玩耍時看到二樓的燈熄了，還以為發生了什麼，於是趕忙衝上來了。

眾人呆了片刻，愛麗絲的興致大減，只好生氣地「呼」的一下把蠟燭全吹熄了。

「哎呀，我們在為愛麗絲慶祝生日呀，你實在太魯莽了。」福爾摩斯怪責。

「啊……原來是為愛麗絲慶祝生日嗎？對不起……」小兔子看到生日蛋糕時，已知道自己搞錯了。

「哼！有人專愛搞破壞！」愛麗絲向小兔子瞪了一眼說。

「對不起……」小兔子垂頭喪氣地低下頭來，並忽然嗚咽起來。

福爾摩斯和華生都覺得奇怪，小兔子在這種時候，一定會一句頂回去，怎會馬上棄械投降，還當眾哭起來呢？

愛麗絲也嚇了一跳，她沒想到一句說話就會令這個搗蛋王哭起來，慌忙道歉：「對不起……我不該說那種話，請你原諒我吧。」

小兔子搖搖頭，說：「不……我只是想起……想起自己從沒有慶祝過生日罷了。」

福爾摩斯和華生聽到這句說話，不禁黯然。他們這才想起，小兔子是由扒手集團帶

大的孤兒，他連生母是誰、何時出生也不知道，自然也從沒慶祝過生日了。

華生歎了口氣，心想：「他一定是**觸景生情**，想起自己孤苦的身世了。」

眾人僵在當場，不知如何是好之際，愛麗絲突然說：「等我一會兒。」

說完，她走到那盤**水果**前，拿起盤裏的**水果刀**和一個**蘋果**，悉悉嗦嗦地弄起來了。由於她背向眾人，大家都不知道她在幹什麼。

　　不一刻，愛麗絲弄好了，她轉身走到小兔子跟前，一手拉着小兔子的手說：「來，我們再點蠟燭，然後一起吹吧。」

　　小兔子詫異地抬起頭來，不明所以。

　　福爾摩斯、華生和房東太太都感到很奇怪，他們走到桌前去看個究竟，不看則已，一看之下都「啊！」的一聲驚叫起來。

　　在愛麗絲的拉扯下，小兔子也被拉到桌前了。那個七彩繽紛的奶油蛋糕映入他的眼簾，他瞪大眼睛一動不動地看着，感動得全身不住地顫抖。

福爾摩斯拍一拍
小兔子的肩膀，說：
「來，一起唱生日歌，
一起燃點蠟燭吧。你要記
住，每年的今天就是你的
生日啊！」

　　小兔子含着滿眶淚水，使勁地點頭。

貝格街在夜色之中依然一片平和，只是221號B的二樓傳來了陣陣輕快的歌聲，為寧靜的夜晚增添了一抹沁人心脾的溫情。

Happy birthday to you! Happy birthday to you! Happy birthday to Alice Little Rabbit! Happy birthday to you

my notes

(my name)

大偵探 福爾摩斯 ⑭
縱火犯與女巫

原著人物 / 柯南·道爾
（除主角人物相同外，本書收錄的三個短篇全屬原創，並非改編自柯南·道爾的原著。）

小説&監製 / 厲河　　　繪畫&構圖編排 / 余遠鍠

封面設計 / 陳沃龍　　內文設計 / 麥國龍　　編輯 / 蘇慧怡

出版
匯識教育有限公司
香港柴灣祥利街9號祥利工業大廈2樓A室

承印
天虹印刷有限公司
香港九龍新蒲崗大有街26-28號3-4樓

發行
同德書報有限公司
九龍官塘大業街34號楊耀松（第五）工業大廈地下
電話：(852)3551 3388　　傳真：(852)3551 3300

第一次印刷發行　　　　　　　　　　　2012年9月
第十一次印刷發行　　　　　　　　　　2020年12月
Text：©Lui Hok Cheung　　　　　　　　翻印必究
©2012 Rightman Publishing Ltd. All rights reserved.
未經本公司授權，不得作任何形式的公開借閱。

想看《大偵探福爾摩斯》的
最新消息或發表你的意見，
請登入以下facebook專頁網址。
www.facebook.com/great.holmes

ISBN:978-988-78100-8-7
港幣定價 HK$60
台幣定價 NT$270

若發現本書缺頁或破損，
請致電25158787與本社聯絡。

網上選購方便快捷　　購滿 $100 郵費全免
詳情請登網址 www.rightman.net